日本童谣

〔日〕北原白秋
〔日〕金子美铃
〔日〕宫泽贤治 著
刘淙淙 译

新星出版社 NEW STAR PRESS

译者序

刘淙淙

日本是喜爱诗歌的国家，从第一部诗集《万叶集》开始，到每年新年的红白歌合战节目，千百余年来民众用歌声来抒发生活中的喜怒哀乐，直面人世间的生老病死。

起初，童谣（わざうや）作为政权变更、战争以及地震等自然现象的前兆，在坊间被儿童所传唱，这些古老的歌谣散见于《日本书纪》、《续日本记》等古籍中。随后，随着历史的发展，童谣二字念做（わらべうた），即“传承童谣”。例如本书选取的《樱花》，这些歌谣的创作者与时间不明，经过历代无名氏的加工，烙印在一代又一代民众的感情记忆中被传唱至今。《放行了》并非是一首单纯的童谣，其创作背景是幕府在全国建立了许多具有军事要塞职能的“关所”，用以控制交通、排查身份可疑者与火枪等武器的流动。另一方面，“关所”也对离开江户（东京）的女性仔细筛查，以防作为人质留在江户的大名（诸侯）夫人们逃回故乡，从根本上杜绝了大名们造反的可能性、捍卫了江户幕府的安全。但这一政策却给百姓的生活生产造成很大障碍。许多爬山企图绕过“关所”的庶民女性因此被处以死刑。所以《放行了》展示了当时独特的时代风貌与社会心理，即对“关所”盘查的恐惧感，可以说是对政府的抗议之声。但同时，《放行了》也是一首儿童的游戏歌，其玩法类似于歌词为：“一网不打鱼，二网晒晒网，三网打上个大鲤鱼”的我国的游戏“捕鱼”。

大正时代（1912–1926年）期间发生了第一次世界大战、关东大地震等大事件，在瞬息万变的世界局势中，日本国内的气氛却如夏目漱石翻译出来的「浪曼」一词一样，充满了对革新的渴望。1918年，儿童文学作家铃木三重吉的杂志《赤鸟》创刊，西条八十发表的《金丝雀》标志着日本第一首创作童谣（どうよう）的诞生。1920年，北原白秋也发表了英国童谣集《鹅妈妈》的部分译文。当时的文人墨客争相向《赤鸟》投稿，包括神秘派作家泉镜花、自然主义作家岛崎藤村、俳人高浜虚子、耽美派作家谷崎润一郎、新思潮派作家菊池宽等。他们同时也撰写童话，例如文豪芥川龙之介创作了《蜘蛛丝》《杜子春》、白桦派作家有岛武郎的《一串儿葡萄》、童话作家小川未明的《月夜与眼镜》等。1925年，日本文部省主导编写的一系列童谣，以无线电广播的形式对全国听众普及，受众群体并非仅限于儿童，在教育界乃至社会上产生广泛而深刻的影响。大正时代民主主义盛行，文化繁盛而充满活力，在童谣界以北原白秋为中心的《赤鸟》，野口雨情为中心的《金船》（《金星》），西条八十为中心的《童话》竞相争霸，人才辈出，呈三足鼎立之势，标志着“童谣运动”的艺术成就与社会影响力达到顶峰。这场声势浩大的童谣运动又被称为“赤鸟运动”，可以说是大正社会和思想文化的一个缩影。

日本儿童文学学会编纂的《赤鸟研究》（1965年，小峰书店）

一书中，将这次鼎盛于大正中期的童谣运动的五大影响归纳如下：

一、摆脱了明治时代的旧思想的桎梏，催生了艺术性较高的近现代童话。二、一些知名的作曲家和作词家的加入，使得童谣运动硕果累累。诞生了许多脍炙人口的歌曲。三、清水良雄、铃木淳、深泽省三等插画家的加盟，使得儿童画活动开花结果。四、久保田万太郎、秋田雨雀开创了现代童话剧。五、作为读者的儿童自身开始尝试儿童自由诗、儿童画等活动。

人类的感情是古老而具有共同性的，一首好的歌曲往往能跨越时间、国籍、种族而流传通往心灵的深处。如本书中《萤火虫之歌》中毕业生们对未来的积极的心态、《滨千鸟》中月光下寻觅父母孤寂的鸟影、《荒城之月》中咏怀兴衰的低吟、《旅愁》中寂寞惆怅的乡愁、《雨》中天真活泼的童趣、《红鞋子》中当时日本对欧美国家的憧憬之情，也均十分真实可贵。

本书中大多数作品选自《赤鸟》，同时还选取了画家竹久梦二搜集的古歌谣十七首，宫泽贤治的诗三首，以及诗人中原中也的诗六首。2018 年是《赤鸟》杂志创刊 100 周年，对于日本诗歌来讲是颇具纪念意义的一年。特别感谢日本皇学馆大学的半田美永教授，在他们的鼎力支持下，本书得以在这个充满美好寓意的时间和读者见面，尚有不足之处请批评指正。最后，期望通过本书能让读者体验到日本歌谣的独特美感，以及中日两国悠久的历史文化渊源。

2018−6−28

日本童谣

目录

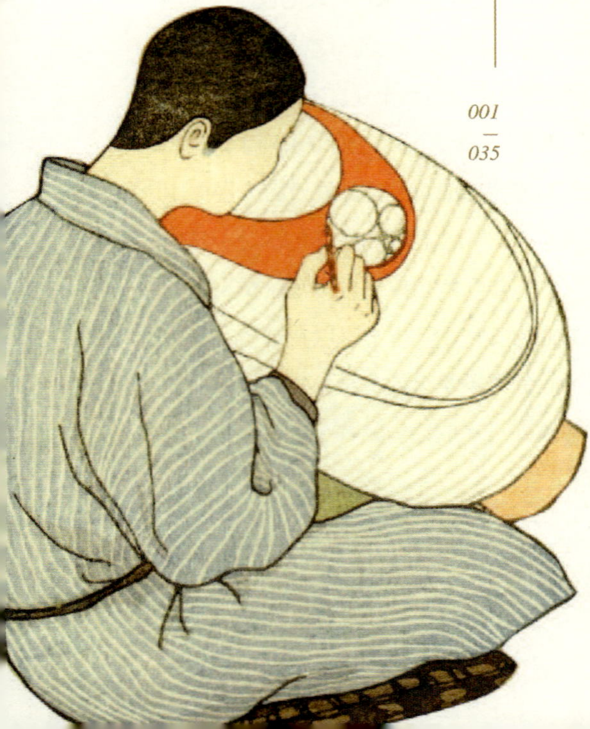

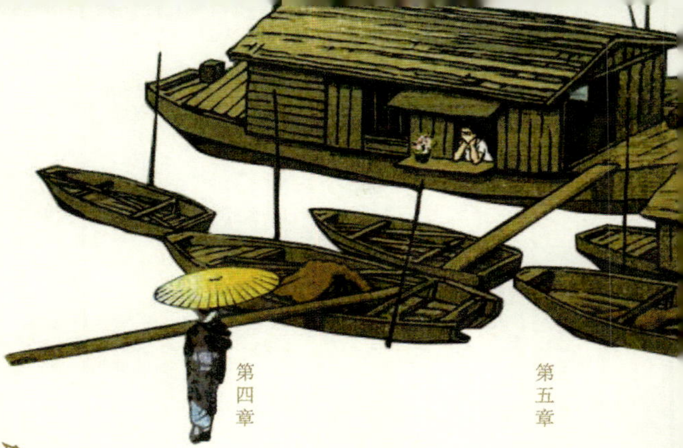

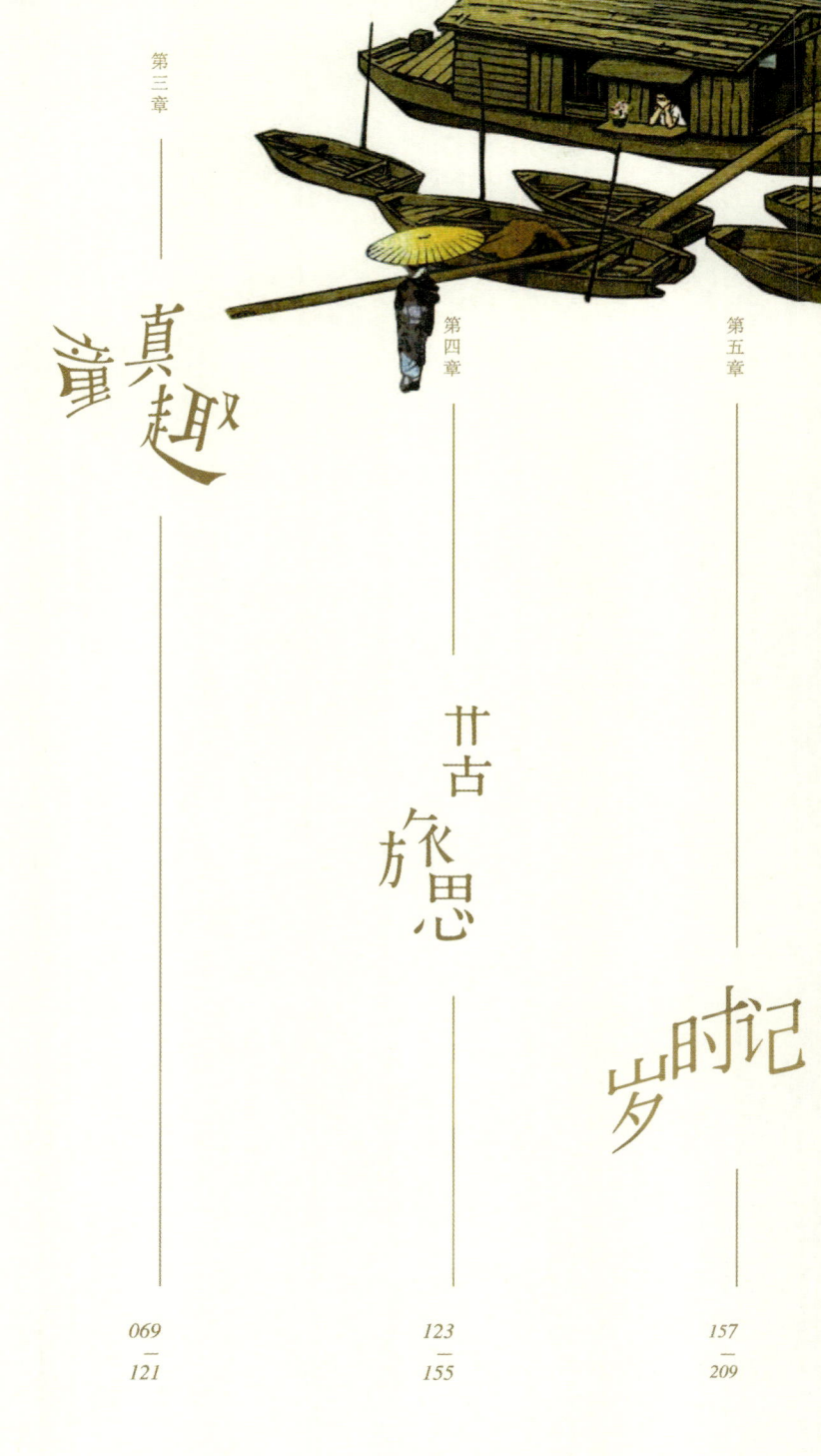

第一章

海之子

海

佚名

松林原远远消失之处，

白帆影儿浮现，

海边高晾晒渔网，

海鸥翻飞正低旋。

看啊，白天的海天。

看啊，白天的海天。

岛山的轮廓若隐若现，

渔火闪烁黯淡，

海风轻吹起砂石，

波涛拍打着岸边。

看啊，夜晚的海天。

看啊，夜晚的海天。

東海道焼津ヶ原
光逸
真

冬日景色

佚名

雾散江口港，
小船满白霜。
只听水鸟声，
对岸人家美梦长。

乌鸦鸣树上，
归人踏麦场。
暖冬真悠长，
错当春天花开放。

暴风吹云落，
天黑冷雨降。
若无灯火光，
不知野外有村庄。

海滨之歌

林古溪

清晨漫步在海滩，
碧海映蓝天。
回想往事，
如梦如烟。
风声哟云影哟，
浪拍岸哟，
今日仍依旧，
彩贝斑斓。

黄昏漫步在海滩，
霞光满海天。
初恋伊人，
倩影浮现。
波涛哟拍岸哟，
来又返哟，
月色与星光，
流连忘返。

林古溪 /（1875—1947），明治到昭和時代的歌人，汉文学者。东京出身，本名竹次郎，立正大学教授。诞生在学者世家的林罗山（儒学家）家族。从小展示出非凡的汉文学天赋。其子林大为国语学者。

海之子

宫原晃一郎

我们是海之子，
松原白浪涌礁边。
炊烟袅袅的茅舍，
是令人怀念家园。

男儿生来喜弄潮，
波涛声声催人眠。
海风浩荡吹千里，
深吸一口返童年。

岩上阵阵扑鼻香，
四季花开香不断。
沙滩海风吹松林，
美如乐章醉心间。
乘大船划大船桨，
头枕波涛梦辽远。
广阔大海深万丈，
散步如自家庭院。

经过几年的锻炼，
手腕比铁更坚硬。
黑色潮风送远航，
肌肤色如古铜般。

海上漂浮有冰山，
来就来吧我不怕。
肆虐大海有飓风，
吹吧刮吧只等闲。

快点出航乘大船！
开发海中宝无限。
快点征兵造军舰！
保卫海国的平安。

宫原晃一郎 / (1882—1945) 鹿儿岛县出身，曾为《小樽新闻》的记者。日本儿童文学学者。

名所江戸百景
水道橋駿河台
廣重画

鲤鱼旗

佚名

屋脊如海鳞次栉比，

天空云海波澜叠生。

橘香迎着晨风，

鲤鱼旗高高飘荡，

大张的鱼嘴，

就像要一口吞下船只。

从容摇鳍摆尾，

不为所动。

沿着百川逆流而上，

奋然一跃成龙。

吾辈男儿也要像它一样，

逆流勇进一跃成龙。

沿着百川而上，

奋然一跃成龙，

吾辈男儿也要像它一样，

在空中游弋的鲤鱼旗哟，

高高飘荡。

滨千鸟

鹿岛鸣秋

蓝色的月夜，海岸之畔，
寻找父母的千鸟在啼唤。
出生在波涛之国，
淋湿的双翼银光闪闪。

悲伤的千鸟在夜间啼唤，
为了寻找双亲飞过海天。
消逝在月夜之国，
银色双翼的千鸟在海滩。

鹿岛鸣秋 /（1891—1954）东京出身。本名佐太郎。大正到昭和时期的诗人。

城之岛的雨

北原白秋

城之岛荒上
烟雨濛濛。
灰暗色啊，
雨下不停。

雨滴似珍珠，
又似黎明时的晨雾。
亦似我那
忍泣吞泪的苦声。

船儿慢慢驶近，
驶过射箭崖的尖顶，
扬起那湿淋淋的帆。
你的船在雨中航行。

啊，摇橹行船，
橹声汇入歌声，
唱彻艄公心情。

雨啊淋漓，太阳躲进云层，
舟行缓缓远去，船帆朦胧光影。

射箭崖 / 位于神奈川县三浦市三崎町城之岛。一说武将源赖朝游览此地时，隔海骑射，正中对岸一枚4寸大小的标靶。故得此名。

北原白秋 / （1885—1942）著名诗人、童谣作家、歌人。五十音图发明者。本名北原隆吉。早稻田英文专业毕业，与西条八十和野口雨情并称为『三大童谣诗人』，留下大量脍炙人口的歌曲。

砂山

北原白秋

大海翻腾，对面是佐渡岛。

小麻雀在喊，太阳已落山。

大家一起叫啊叫，小星星探出脸儿笑。

日暮来砂山，只听见阵阵轰鸣涨晚潮。

小麻雀四下飞吧，狂风又起了。

大家各自回家吧，身影不见了。

回家吧回家吧，踏过原野拨开茱萸草。

小麻雀再见，明日再相见。

大海啊再见，明日再相邀。

佐渡岛 / 位于日本新潟县西偏北日本海的岛屿，自古文人和政治家的流放之地。

波浮之港

野口雨情

荒滩上鹈鸟，
天黑就回家。
波浮之港倒映着美丽的晚霞。
明天是个好天气，
呀喂嘿，
浪不涌啊风不刮。

船儿也迫不及待，
做好了出海准备，
岛上的女儿们，
陪伴着神火。
以怎样的心情呀，
呀喂嘿，
将一天天日子度过？

在岛上生活，
悠闲又自在，
伊豆的伊东邮电局只有一家。
但在下田港口呀，
呀喂嘿，
唯有海风吹入家。

黄昏海风吹，
神火映晚霞。
岛上的女儿们出船的时候，
解开船的缆绳呀，
呀喂嘿，
忍不住纷纷流泪下。

荒滩上鹈鸟，
飞上礁石又落下。
万般不舍哭着送船出海呀，
但愿今天和明天呀，
呀喂嘿，
浪不涌啊风不刮。

神火／特指伊豆大岛三原山的火山喷火现象。

鱼

金子美铃

稻米是人们栽培在田园，
牛儿饲养在草原，
喂鲤鱼会将麦麸撒向水面。

可是我们从来没照顾过海里的鱼儿，
他们也从来不捣乱，
吃鱼时我们心安理得，
鱼儿真是可怜。

金子美铃 / （1903—1930）活跃在大正末期到昭和初期的童谣诗人。本名金子照。被西条八十称赞为『前途无量的童谣巨星』。26岁服毒自杀。

小男孩

中原中也

如太阳照耀在山岗，
一渠清泉低声吟唱，
如坚硬黏土小沟壑，
寒夜中哭泣着流淌。

如山间清泉一般流淌，
太阳照耀着山顶，
坚硬的黏土小沟壑中，
如山间清泉一般流淌。

我有赤子，未谙人事。
夜半寒气从天降，
像坚硬黏土小沟壑中，
一渠清泉哭泣着流淌。

母亲已酣然入梦乡，
你就是醒来也无妨。
赤子如坚硬黏土小沟壑，
一渠清泉般哭泣着流淌。

中原中也 /（1907—1937）日本达达主义、四季派诗人、歌人、翻译家。出身于山口县汤田温泉。18 岁上京。后与河上彻太郎等主办同人志《白痴群》。1934 年第一本诗集《山羊之歌》出版，在诗坛确定了一席之地。诗风多伴随着『丧失感、哀惜、忧郁』。30 岁因急性脑膜炎去世。死后出版了第二本诗集《往日之歌》。一生留下了 350 篇以上的诗歌，以及法文诗歌的翻译作品。深受海内外读者喜爱。

佐渡岛

佚名　竹久梦二搜集整理

佐渡岛四十五里的波涛上，

波浪摇啊摇摇啊摇，

睡吧宝宝，睡梦甜。

睡吧宝宝快快睡吧，

大早起睁眼一小会。

大晚上呼噜噜睡吧。

日暮时分，寺庙钟鸣。

去佐渡岛的金山挖金子。

金子是见不着，还源源不断？

等了一年没出现，

等了两年没出现，

等了三年又三个月来了一封信，

写着：“快回来结婚！和阿染！”

阿染穿着皱绵的小袖，

上面是松叶散落图案。

家人在等待，让他回来强人所难。

哪能说回就回？

阿染／1710年大坂油屋的女儿娘阿染与久松殉情自杀。随后作为坊间巷谈，多见于净瑠璃，歌舞伎作品中。也是当时常见的女名之一。

小袖／一种较为短袖的和服，江户元禄时代较为流行。四十五里／1日里=3.9里。

沼津

佚名　竹久梦二搜集整理

这姑娘实在是太可爱了。

山中有多少棵树？

有多少棵萱草？

登上富士山顶数天上星星，

下山到沼津去看片片松林。

千本松原、小松原松叶有多少？

加起来都远不及她可爱又美貌。

沼津／静冈县沼津市，位于骏河湾对面伊豆半岛、爱鹰山麓的港口城市。千本松原／岐阜县海津市。

天满的集市

佚名　竹久梦二搜集整理

睡吧快睡吧，天满集市上，

搬来白萝卜往船上装。

装满船儿去何方？

木津川经難波桥下流。

難波桥下有海鸥。

想抓鸥，要用网，

网儿晃悠悠，由良之助高声唱。

由良之助／即大星由良助，歌舞伎『仮名手本忠臣藏』中的架空人物。日语『晃悠悠』与『由良』谐音。

风

佚名　竹久梦二搜集整理

太阳真厉害，

风神真软弱。

山婆婆，山婆婆，

快给我刮一场大风啊！

不要北风，

若是南风。

就把海港花儿吹得朵朵红！

流传在北海道渡岛半岛的民谣。鲱渔师们以『索兰，索兰』为号子拉网捕鱼。

索兰小调

佚名

呀连，索兰、索兰、索兰、
索兰、索兰，嘿嘿！

我问沙滩上海鸥，潮汐何时到。
“我是旅途中的候鸟，你去问问波涛。”

呀萨嘿，嗯呀萨呀，萨诺多宽秀！
哦！多宽秀！多宽秀！

津轻常椽小调

佚名

津轻／日本青森县中西部城市。此为青森县民谣。

声名远扬的津轻常椽小调，

年轻人们高唱东道主号子。

姑娘们翩翩起舞，稻穗也会把舞跳。

今宵的来宾们，那么，

请君为我侧耳听，现在开始唱小调。

就算我这般声音沙哑又跑调，

此曲也照样悠扬婉转万般好，

若问哪里好？能令男儿神魂颠倒。

津轻是个好地方，山清水秀群山高。

姑娘们温柔又俊俏。

引以为荣的津轻常椽小调哟。

第二章

黯乡愁

椰子

岛崎藤村

从不知名的远方小岛，
一只椰子漂到我身旁。
远离故乡的海岸，
你在波涛上度了过多少时光。
旧木繁茂，
头枕沙滩，
孤身漂荡。
我将椰子放在胸口，
感受到痛苦的热浪，
踏上新的流离之旅，
看太阳沉入大海，
猛然落下怀乡泪，
重重叠叠温柔的海浪。
不知何日能重返故乡。

岛崎藤村 / （1872—1943）日本诗人，小说家。本名春树，出生于岐阜县。

瀬加村
消防組
第三部

竹田摇篮曲

佚名

照看小孩已经受够了，盂兰盆后天冷啦。

孩子依然哭闹仍不停，一晃就到大雪下。

儿时多盼望的盂兰盆，现在没法快乐啊。

没有凉快的麻纱衣呀，也没腰带让人夸。

小孩儿动不动就哭呀，害得我也总挨骂。

一天比一天更消瘦了，每天担惊又受怕。

这日子啥时是个头呀，多想辞工早回家。

望得到对面自己家啊，有家难回见爹妈。

盂兰盆／每年农历七月十五日为佛教『盂兰盆节』也称『中元节』，是日本最隆重的假期之一。

故乡

高野辰之

曾追过兔子的那座山岗，
曾钓过小鱼的那条河塘，
依然频频在梦中浮现，
我那难忘的故乡。

父母大人别来无恙？
竹马之友是否安康？
不管刮风还是下雨，
都令我想回起故乡。

有朝一日，实现梦想，
荣归故里，无限风光。
群山青翠，我的故乡。
绿水清澈，我的故乡。

胧月夜

高野辰之

菜花田地中，夕阳快落山，
放眼山顶上，彩霞多灿烂。
春风缓缓吹，仰望着青空，
月挂在西天，野外花香淡。

村庄灯火亮，森林渐渐暗，
田中小路上，归家人影浅。
蛙鸣与钟声，远近相呼应，
宛如朦胧月，轻笼着霞烟。

高野辰之 / (1876—1947)，日本文学家、作词家。东京大学文学博士，大正大学教授。长野县人。著有『日本歌谣史』、对净琉璃史、日本戏剧史等研究业绩丰富。

这条路

北原白秋

这条道路我何时走过？

啊，是啊，是啊，那年金合欢花

正盛开着。

这座山丘我何时走过？

啊，是啊，你看，白色的钟楼

高耸着。

这条道路我何时走过？

啊，是啊，曾和妈妈一起马车中

摇晃着。

那朵云我何时见过？

啊，是啊，山楂树的枝叶

低垂着。

十五的月亮

野口雨情

十五的月儿啊，您身体好吗？
用人阿婆已辞工走了。
十五的月儿啊，妹妹她已被，
送给了乡下的人儿家。
十五的月婆婆，我多想再次，
见一见去世的妈妈。

红鞋子

野口雨情

穿红鞋子的小姑娘
被洋人带走去远方。
在横滨的埠头坐上船，
被洋人带去远方。
如今她的眼睛已变蓝，
生活在异国他乡。
每当看到红鞋子，
我就会想起这位小姑娘。
每当遇到洋人，
我就会想起这位小姑娘。

野口雨情的朋友，铃木夫妇将女儿托付给美国传教士夫妇收养，但没来得及坐船离开，女儿就逝于东京，享年9岁。雨情根据此事于1921年作词，次年由本居长世谱写成歌曲。为了纪念这位因肺结核而不幸病逝的小女孩，人们根据这首歌的内容在全日本国各地建造了歌碑与塑像，其中最有名一座的为横滨山下公园的『红鞋子』铜像。

故乡的秋天

斋藤信夫

斋藤信夫／昭和时期童谣诗人，词作家。《故乡的秋天》描写的是母子在家祈求战后父亲从南方平安归来的场景。经海沼实谱曲，在日本广为传唱。词作家庄奴根据该曲调重新填词，创作了《又见炊烟》，为邓丽君、王菲等演唱。

静悄悄，静悄悄，故乡的秋天。
聆听到屋后果实落下的夜晚，
啊，只有母亲和我，
煮着栗子在地炉边。

璀璨的，璀璨的，深夜的星空。
夜鸭鸣泣着鸣泣着飞过天边，
啊，在吃栗子之时，
回想起父亲慈爱的笑颜。

再会吧，再会吧，椰子岛。
啊，愿父亲能摇着小舟重返家园。
今夜我和母亲也在祈祷苍天。

陋室

里见义

我的陋室，我的家。

不羡慕美玉装潢。

悠闲春日天空下，

花是主人，鸟声悠扬。

啊，我的陋室哟，

快乐的朋友啊，朋友们多善良。

读书窗下，我的窗。

不羡慕白琉璃床，

明净秋夜已三更，

月是主人，虫声新凉。

啊，我的书窗啊，

快乐的朋友啊，朋友们多善良。

里见义／（1824年—1886年）翻译。出生于福冈县。原曲为英国曲作家 Henry Rowley Bishop『甜蜜的家庭』（*Home, Sweet Home*）。

富士山

岩谷小波

探头出云端，
俯视群山，
雷鸣脚下滚。
富士是日本第一山。

高耸入青天，
身着雪衣衫，
霞裾迤曳远。
富士是日本第一山。

岩谷小波 /（1870—1933）童话作家。生于东京的蕃医世家，弃医从文，加入小说家尾崎红叶的砚友社。本名季雄。擅长俳句俳画。

积雪

金子美铃

上面的雪，

很冷吧，

照映着清冷的月光。

下面的雪，

很重吧，

背负着几百人的重量。

中间的雪，

很寂寞吧，

望不见天空，也望不见大地。

我与小鸟与铃铛

金子美铃

即使我伸开双臂，

也不能在天空翱翔，

但会飞的小鸟，

却不能像我飞快奔跑在地上。

即使我摇晃身体，

也无法发出美妙的音响，

但是能够鸣响的铃铛，

却不像我哪样唱歌。

铃铛，小鸟和我，

我们都不一样，但是我们都很棒。

归乡

中原中也

庭院廊柱子干燥，
今日天气多晴好。
屋檐下的蜘蛛巢，
胆怯的颤抖不停。

山上枯木在呼吸，
啊，今日晴好阳光灿。
路旁草丛幽幽，
含着天的愁怨。

这里是我的故乡，
清风悠悠吹过田院。
“不用担心，纵情地哭吧。”
恨嫁的老姑娘低声悄言。

远处吹来的风轻轻把我问，
啊，你回来有何贵干？

寺町

佚名　竹久梦二搜集整理

蜜橘、金橘我吃了多少？

在寺庙二楼吃完三个了。

寺庙的钟楼是谁建造？

八幡长者的二女掏腰包。

二女儿出嫁时，

在长长的寺庙街上走来走去尽招摇，

在短短的寺庙街上呱哒呱哒尽招摇。

呱哒呱哒，竹皮木屐的带子断了。

姐姐快给我缝好。

给你缝好虽容易，

没有针头和线脑。

针是针铺的锈针一根，

线是线铺的腐线一条。

姐姐，竹皮木屐沾上血啦！

这不是血，是胭脂，

京都的胭脂质量那才叫好。

八幡长者／江户时代近江的大富豪。

星

佚名　竹久梦二搜集整理

望见那颗星星，
就会成为大富翁。
天竺国夜空那颗星，
在城门把孩子生。
给他戴上金冠，
让他骑上白马，
到河岸上去跑，
青柳沙沙叶儿响。
小河哗哗起波涛。
红色衣襟的燕子呀，
叼着信函在飞得高。

第三章

童真趣

星座巡礼之歌

宫泽贤治

红眼睛的是天蝎座，

雄鹰座振翅飞天，

蓝眼睛的是小犬座，

蛇夫座光彩熠熠蜷成团，

放声高歌的是猎户座，

在霜与露降临时。

仙女座在星云中宛如鱼嘴，

大熊座的脚向北，

延长五倍的距离，

对着小熊座的额头边，

以天轴为目标旋转。

红眼睛的是天蝎座，

雄鹰座振翅飞天，

蓝眼睛的是小犬座，

蛇夫座光彩熠熠蜷成团，

放声高歌的是猎户座，

在霜与露降临时。

宫泽贤治 / (1896—1933) 诗人，童话作家，农业指导家，社会活动家。毕业于盛岗高等农林学校（现岩手大学农学部）。在宫泽贤治 26 岁时，24 岁的妹妹敏子去世，他悲痛万分，写下了『永别的清晨』一诗。诗《不输给雨，不输给风》是其 35 岁时写在手账本上，诗人去世后被人发现，整理后发表，日本三一一地震时该诗被广为传唱，成为国民童谣。诗《星座巡礼》以儿童的口吻描述了星座周年运动现象。

永别的清晨

宫泽贤治

今日之内，我的妹妹哟，要去远方，
雨雪呼啸，门外异常明亮。
（请给我一些雨雪。）

从微红阴惨的云中，
雨雪纷纷扬扬，
（请给我一些雨雪。）

那蓝色的莼菜纹，
在一对儿的豁口陶碗上。
我想去为你取些雨和雪，
便如子弹脱离枪膛，
冲向门外冰雪沆砀。
（请给我一些雨雪。）
铅灰色的暗云中，
霙纷纷扬扬。
啊，敏子，
到了生离死别的时刻，
为了将我一生照亮，
你拜托我，
给你一碗晶莹的雪来尝，
谢谢你我的妹妹，你是如此坚强。
我也会大步迈向前方。
（请给我一些雨雪。）

急剧的高烧与喘息之际，
你拜托我。

从银河，太阳，大气层与被呼唤的世界中，
取来最后一碗雪……
……霙无情地落在，
断成两截的大理石墓碑上。

我站在雪地中踉踉跄跄，
雪与水洁白无垢的二相系，
那晶莹剔透，冰冷的一滴，

在松枝之巅，溢彩流光。
成为我那温柔的妹妹，
最后的食粮。

你我自幼一同成长，
看惯的这蓝花纹的碗，
如今也要与你天各一方。
（我，我孤身一人，便要与世长辞）

今日当真就要分别了，
啊，在隔离病室里，那昏暗的屏风与蚊帐中，
幽静而苍白地，燃烧着生命最后的光芒。
我的妹妹哟，你是如此坚强。

雪，不管落在哪里，
哪里都会是一片白茫茫。
从恐怖混乱的天空中，美丽的雪花漫天飘荡，
（若有来世，绝不要哥哥再为我痛断肝肠。）

你吃下的这两碗雪，我从心底祈祷，
请将此变为兜率天的食粮。

成为你与大家的圣粮，

我情愿抛弃今生所有的幸福，

来换取你在那里的吉祥安康。

雪，不管落在哪里，

哪里都会是一片白茫茫。

不输给雨，不输给风

宫泽贤治

不输给雨，不输给风，
不输给雪，也不输给夏天地炎热。
拥有强健的体魄，
不曾嗔怒也没有欲望。
总是静静的微笑，
每天吃四合玄米，喝味噌汤和
少量的蔬菜。
万物皆不以自己的观念独断，
博闻强识，明辨是非，绝不遗忘。
住在松原上林荫中的小茅屋，
东边有生病的孩子，就去把他看望，
西方有疲惫的母亲，
就去替她把稻束背在背上，
南方有将死之人，
就去安抚他平静把眼合上，
北方有打架斗殴，就去说“请停止
毫无意义的纷争”，
在独自一人时流泪，
在寒冷的夏天便坐立不安，
被大家喊做“木头人”。
不曾苦恼也从不被表扬，
我想成为的人就是这样。

萤火虫之光

稻垣千颖

流萤为灯，借来雪光，勤学不倦。
曾几何时，苦读寒窗，岁岁年年。
岁月流淌，今朝离别，就在眼前。

无论去留，相逢短暂，彼此怀念。
万千思绪，内心深处，唯有一言。
汇成此歌，齐声高唱，祝君一生平安。

稻垣千颖／（1845—1913）国学者、教育者、歌者。曲调同苏格兰民谣『友谊天长地久』，作曲者为 Robert Burns。

稻草人

佚名

山田里站着，一条腿的稻草人，
天气明明这么好却蓑笠不离身。
从早到晚，只是在原地傻傻站。
你会走路吗？山田里的稻草人。

山田里站着，一条腿的稻草人，
手持弓箭尽职尽责把鸟兽驱赶。
飞过的乌鸦，正哈哈哈笑你笨。
你有耳朵吗？山田里的稻草人。

大和田建树 /（1857—1910）日本诗人，作词家。国文学者。出生于爱媛县。

烟花

井上赳

咚一声飞上天，焰火多绚烂。

夜空中百花竞放就好像白天。

宛如柳丝一条一条迎风招展。

井上赳 / (1889—1965) 岛根县出身的国文学者、教育学者、文部官员。二十世纪三十年代『小学国語读本』编辑者的核心人物。

红蜻蜓

三木露风

晚霞中徜徉着，红蜻蜓哟。
阿姐背上曾见过，不知是何年？

在山中田地里，采桑椹哟。
小箩筐里桑果满，依稀如梦幻。

阿姐十五岁时，已远嫁哟。
再也没有了音讯，自此难相见。

晚霞中徜徉着，红蜻蜓哟，
落下来了落下来，停在竹竿尖。

三木露风 / (1889—1964) 日本诗人、童谣作家、歌手、随笔作家。本名三木操。作为近代日本象征派诗人、词人的代表，与北原白秋并称为『白露时代』。

橡树子儿滚啊滚

青木存义

橡树子儿咕噜噜滚下山，
掉进水池里急得团团转。
泥鳅钻出来说：“你好，
小男孩，请来和我一起玩。”

橡树子儿咕噜噜滚啊滚。
一起玩，一起玩，乐颠颠。
“但我还是想要回大山。”
橡树子儿哭得泥鳅犯了难。

青木存义 /（1879—1935）日本的国文学者、歌手，词人、小说家。东京大学文学部毕业，东京音乐学校教授。曾担任文部省图书编辑部长。

挨骂了

清水桂

挨骂了，又挨骂了。
使唤那孩子，忙得满街跑，
这孩子要哄，小少爷睡觉。
归路日渐沉，暮色笼荒郊。
胆战又心惊，野狐鸣嗥嗥。

挨骂了，又挨骂了。
嘴上说不出，双眼泪如潮。
兄妹想回家，得翻大山坳。
远远小山村，花开正热闹，
上回看樱花，哪年早忘掉。

清水桂 / (1898—1951) 大正、昭和时期童谣诗人。就职于杂志『少女号』、『小学画报』。在编辑部主任鹿岛鸣秋（『滨千鸟』的词作者）的劝说下开始进行童谣的创作。

下大雨

北原白秋

下雨吧，下雨吧，
妈妈打着圈圈花伞过来了，
来接我好高兴。
淅沥淅沥，吧哒吧哒踩着水花，
满心高兴笑哈哈。

“背上书包吧。”跟着妈妈走啊走，
寺庙的钟声敲响啦。
淅沥淅沥，吧哒吧哒踩着水花，
满心高兴笑哈哈。

“快看快看。”那个孩子浑身淋透，
哭着鼻子在柳树下。
淅沥淅沥，吧哒吧哒踩着水花，
满心高兴笑哈哈。

“妈妈。把我的伞借给他吧？”
“喂喂，这把伞借给你。”
淅沥淅沥，吧哒吧哒踩着水花，
满心高兴笑哈哈。

“我没关系，钻进妈妈的
大圈圈花伞就行了。”
淅沥淅沥 吧哒吧哒踩着水花，
满心高兴笑哈哈。

枸橘花

北原白秋

枸橘花开哟，花开哟。

白白的，白白的花儿开哟。

枸橘蓝蓝的刺，

把我手扎疼哟。

枸橘原的矮墙根哟，

我总是从这里路过。

枸橘在秋天结果哟，

圆圆的，圆圆的金色果子哟。

我曾在枸橘旁哭泣哟，

大家大家温柔来安慰。

枸橘花开哟，白白的，白白的花儿开哟。

摇篮曲

北原白秋

金丝雀歌声多美妙，

睡吧宝贝，睡吧宝贝，

宝贝儿就要入睡。

摇篮上，

枇杷果实慢慢摇，

睡吧宝贝，睡吧宝贝，

宝贝儿就要入睡了。

摇篮绳，小松鼠拉着轻轻摇，

睡吧宝贝，

睡吧宝贝，宝贝儿就要入睡了。

摇篮中，梦到金黄色的月儿升得高。

睡吧宝贝，睡吧宝贝，

宝贝儿就要入睡了。

八十一翁是真

七只小乌鸦

野口雨情

野口雨情 / (1882—1945) 茨城县人，著名童谣诗人。

乌鸦为何要鸣叫？

因为她在深山里，

有着可爱的，

七个小宝宝。

“好可爱好可爱呀”乌鸦在鸣叫。

“好可爱好可爱呀”乌鸦在夸耀。

快快到深山里，

老巢去瞧一瞧，

这里有睁着圆圆眼，

可爱的小宝宝。

是真

水黾之歌

北原白秋

水黾哟红红的，

あいうえお。

水藻上有小虾聚成堆。

柿子树哟栗子树，

かきくけこ。

啄木鸟不断啄榉树枯枝不知累。

大角豆沾上醋，

さしすせそ。

在浅濑刺那条鱼长得肥，

站起来吧，吹喇叭，

たちつてと。

啪啪嗒嗒飞起来。

鼻涕虫慢吞吞爬没有腿，

なにぬねの

收纳间滑溜溜什么黏答答。

鸽子咕咕啪啪拍翅膀想要飞，

はひふへほ。

在向阳的房间我把笛子吹。

蜗牛螺丝卷起来，

まみむめも。

梅子落地我瞧也不瞧把家回。

炒栗子煮栗子味道美，

やいゆえよ。

山田家，亮起了灯，

夜晚的人家快入睡。

雷鸟也很冷吧冷到落眼泪，

らりるれろ。

莲花开了，琉璃鸟儿飞。

哟哟喂喂，

いわゐうゑを。

花匠叔叔去掏井，

热闹得就像赶庙会。

日文五十音图的发声训练歌。

不倒翁

佚名

不倒翁，

不倒翁，

摔倒了！

日本的不倒翁是达摩的形象。游戏歌，各地流传多个版本。与中国的『一二三我们都是木头人』玩法类似。

撒豆歌

佚名

恶鬼出去！

福神进来！

哗啦哗啦把豆撒。

恶鬼溜走四处逃。

恶鬼出去！

福神进来！

哗啦哗啦把豆撒。

迎来福神哈哈笑。

野村秋足 /（1819年—1902年）江户后期到明治时代国学者。本名大桥正德。

蝴蝶

野村秋足

野村秋足 / (1819—1902) 江户后期到明治时代国学者。本名大桥正德。

蝴蝶快快停在菜叶上，
要是你不喜欢菜叶，
还有樱花正芬芳。

在樱花绽放的好韶光，
停下来吧一起玩儿，
一起玩儿吧停下来。

比身高

海野厚

前年五月五，柱上的刻痕，

是我的身高。

吃好多粽子，望着哥哥，

为我量身高。

与昨天相比，变化无分毫。

好容易有羽织那么高。

靠在柱子上，我抬头远眺，

远方的群山们也在比身高，

从云端露出脸来。

一个一个都伸直了背，就算脱下雪帽。

也还是富士山最高。

海野厚 /（1896—1925）童谣作家、俳人。本名厚一。

羽织 / 和服的外褂胸带。

光逸

证城寺的狸号子

野口雨情

证、证、证城寺！

证城寺的庭院呀，

月、月、月色满庭院呀！

我们一群小伙伴们，

咚咚咚咚咚咚锵。

不要输呀，不要输啊，

不要输给和尚，

快来快来快来，大伙一起快快来。

证、证、证城寺！

证城寺的荻花呀，

在月、月、月色中盛放！

我们得意又洋洋，咚咚咚咚咚咚锵。

证城寺／位于千叶县木更津市。日本自古流传着月夜狸子敲肚皮与和尚比赛敲鼓的民间传说。

五木摇篮曲

佚名

节选。发源在熊本县球磨郡五木村的摇篮曲，有多种版本。描写当地穷苦人家七八岁女孩儿外出做工时的心情。

俺在盂兰盆节前后，
都不能回家乡。
盼望盂兰盆节早早到，让俺回家
看爹娘。

俺去要饭，穿着破衣裳，
那些富人老爷们，
系着好腰带，穿着好衣裳。

俺要是死了，
谁会为俺把泪流淌，
只有松山深处的蝉啊，
会为俺悲唱。

俺要是死了，
被埋到路旁，
过往的人们扔来鲜花在俺身上。

那花是什么花，
是山山山茶花，
雨水从天而降。

不可思议

金子美铃

我总是觉得不可思议。
从乌黑的云中会落下雨，
为何雨滴会银光熠熠？

我总是觉得不可思议。
明明吃掉绿色的桑叶，
蚕宝宝为何变得浑身白皙。

我总是觉得不可思议。
明明谁都没碰过的瓠子花，
会开的如痴如醉。

我总是觉得不可思议。
但是不管问谁，都笑笑回答说，
那是理所当然的事。

蚕茧和坟墓

金子美铃

蚕钻进入茧，

那窄小的茧。

但是蚕也很高兴吧。

能变成蝴蝶，自由飞翔。

人进入墓穴，

那又黑又暗的墓穴。

所以，好孩子们能生出翅膀，

变成天使，愉快地飞翔。

向着明亮那方

金子美铃

向着明亮那方，
向着明亮那方，

即使是一片树叶，
也对着阳光洒落的地方。

即使是阴影中的草，
也是向着明亮的方向。

向着明亮那方，
向着明亮那方，

夜间的小飞虫，
即使被烤焦了翅膀，
也要向灯火飞去。

向着明亮的那方，
向着明亮的那方，

即使是寸许的阳光，
也想奔向太阳的方向，
都市的孩子们也是一样。

捉鬼游戏

佚名

笼子缝，笼子缝。

笼里面有只小鸟，

什么时候能飞跑？

天色晓，天色晓。

仙鹤和乌龟滑倒了，

正后方是谁你可知道？

江户时期流传至今的游戏歌，各地版本不同。多名儿童手拉手转圈唱此歌，歌曲唱完时，蒙着眼坐在正中间的儿童来猜测自己正后方人的名字。由作曲家山中直治（1906—1937）以千叶县野田市版本为标准整理。

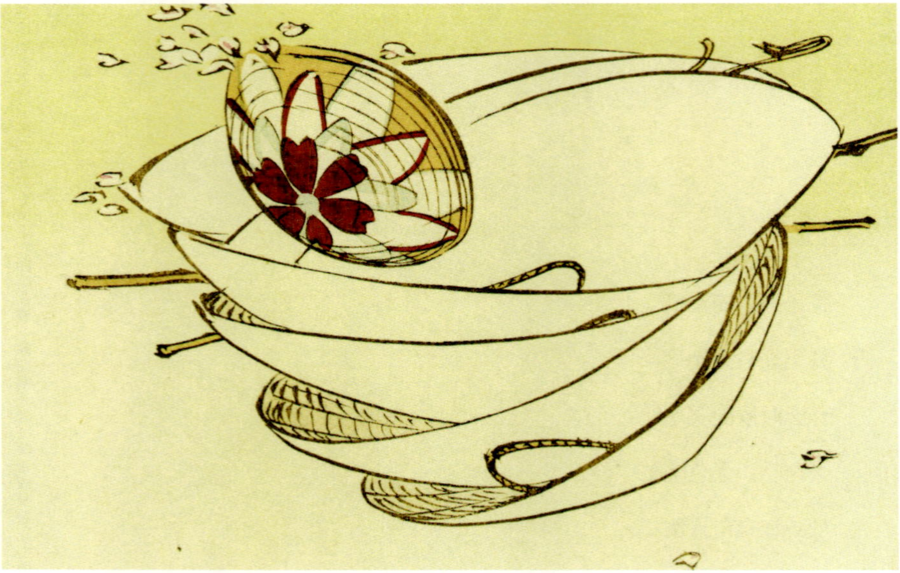

肥皂泡泡

野口雨情

野口雨情为死于急性痢疾的长女所作的童谣。

肥皂泡泡飞跑了，飞到屋檐上了，
飞到屋檐上了，破了就消失掉。
风啊风啊不要吹，肥皂泡泡飞跑了。

肥皂泡泡不见了，泡泡停下就不见了，
刚吹好就不见了，泡泡一破就消失了，
风啊风啊不要吹，肥皂泡泡飞跑了。

第四章

苦旅思

荒城之月

土井晚翠

春夜高楼赏花宴，
当时月下金樽传。
千年老松树斜影，
昔日繁华今何见？

阵营秋日霜满天，
夕凉万里过鸣雁。
策马佩剑明月下，
昔日荣光今何见？

今朝荒城月独悬，
夜光依旧有谁怜？
断墙残壁蔓草繁，
风雨漫吟松涛喧。

天上清光永不变。
人世枯荣几变迁。
应念今夜荒城月，
依旧月色似从前？

土井晚翠 / (1871—1952) 诗人、英文学者。东京帝都大学（现东京大学）英文专业毕业。本名林吉。其作品洋溢男性气概的汉诗格调，与作品充满女性气质的岛崎藤村并驾齐驱，合称为『藤晚时代』。第一段描写日本武将青叶城城主伊达政宗，而第二段描写武将上杉谦信。阵营两句源于谦信的咏月诗『九月十三夜阵中做』。荒城的原型据说有三处，宫城县青叶城（仙台城），大分县岗城（竹田）和福岛县会津的鹤之城。

花

武岛羽衣

春色明媚隅田川，

穿梭如织赏花船。

船桨水花四散去，

眼前美景已忘言。

君不见，霞光微微露珠闪，

含情脉脉樱花灿。

君不见，频频招手暮色里，

柳色青青淡如烟。

锦绣长堤花烂漫，

暮色朦胧月上时。

春宵一刻贵千金，

面对美景已忘言。

武岛羽衣 / （1879—1935）日本的国文学者、歌手，词人、小说家。东京大学文学部毕业，东京音乐学校教授。曾担任文部省图书编辑部长。

宵待草に題す

宵待草

竹久梦二

久等的人儿不来，
宵待草，空伤悲，
今宵月儿也不来。

河原一星渐升起，
宵待草，花谢时，
深夜风声如哭泣。

竹久梦二 / (1884–1934) 岗山县出身的日本画家、诗人。本名竹久茂次郎。擅长美人画，被誉为『大正浮世绘师』。此外涉足童话，设计，歌谣等多领域。日本近代时事画刊的创始人之一。

这座城镇，那座城镇

野口雨情

这座城镇，那座城镇。

暮色降临，暮色降临。

沿着脚下这条道路，回来吧，

回来吧。

离家渐渐远了，渐渐远了。

沿着脚下这条路，回来吧。

回来吧。

天空中黄昏的，星星出来了。

星星出来了。

沿着眼前这条路，回来吧。

回来吧。

土井

雨夜的月亮

野口雨情

下起雨了，月亮被乌云遮住，
新娘出嫁时，和谁结伴上路？
独自一人，打着雨伞悄悄上路。
没有伞的时候，和谁一起上路？
丁丁当当，丁丁当当，给马儿系上铃铛。
骑着马儿，摇摇晃晃，湿淋淋上路。

马儿马儿快快走，就要破晓。
从缰绳下，马儿稍稍回头顾。
用袖子把脸颊给遮住，
袖子淋湿了又再晾干。
下起雨了，月亮被乌云遮住，
骑着马儿，摇摇晃晃，湿淋淋上路。

蓝眼睛的洋娃娃

野口雨情

蓝眼睛的，洋娃娃，

美国制造的赛璐璐树脂。

到达日本港口时，流下满面泪花。

“因为我不会讲日语呀，迷路了可怎么回家？”

温柔的日本女孩儿哟，

请和洋娃娃一起愉快地玩耍吧，

一起愉快地玩耍吧。

箱根八里

鸟居忱

箱根山，天下险，函谷关岂足谈？

万丈山，千仞谷，前山高耸呼后山。

云遮崇山，雾锁幽谷。

虽白昼，杉林暗，羊肠小道长苔藓。

一夫当关，万夫莫开。

云游天下，大刀挂腰间，脚蹬木屐，

脚步声响震八里之岩，

往昔武士英勇如在眼前。

箱根山，天下阻，君莫道蜀道难？

万丈山，千仞谷，前山高耸呼后山。

云遮崇山，雾锁幽谷。

虽白昼，杉林暗，羊肠小道长苔藓。

一夫当关，万夫莫开。

狩猎山野的刚毅壮汉，

肩抗猎枪，脚蹬草鞋，

大步踏破八里之岩，

今朝有勇士堂堂在眼前。

箱根山／跨越神奈川县和静冈县县境的火山。1618年（江户时代）在东海道的小田原、三岛的两关之间的箱根山最高处开设关卡，其中『箱根八里』被称为最险要之地，作为江户幕府的大门管理极为严格。1869年废弃。鸟居忱／（1853—1917），本名忠一。生于壬生藩主鸟居家。明治维新后，在大学南校（东京大学的前身）学习法语专业。后任东京音乐学校教授，教授音乐理论、国文学、汉文等。

七里滨哀歌

三角锡子

雪白的富士山脚，碧绿江之岛，
今天仰望山巅，依旧泪滔滔。
十二位男儿如今已成不归人，
为他们献上我的心愿与祈祷。

游艇已沉在了广阔的大海，
可恨无情风疾海浪阵阵高。
力尽悲声呼唤父母的名字，
七里海滨痛失爱子的恨难消。

冰冷的雪呜咽风声潇潇，
星与月暗大海一片黑暗。
孩子们魂归何处正迷惘？
归来吧，回到母亲的怀抱。

清晨的霞光万丈铺满海面，
父母却为孩子心碎如刀绞。
纵然搜集黄金珍宝有何用？
神啊，请早日将我也召去吧。

昨日的明月，还挂在天边，
孩子的身影，再也难见到。
悲痛漫漫夜，辗转难入睡，
鸣响的浪潮，浪花拍岸高。

大海不归路，千鸟哀哀叫。
魂归在何处，如何去凭吊？
痛失爱子心，痛苦永不绝，
今天复明朝，此恨永不消。

三角锡子／（1872—1921）出生于石川县金泽市，教育家。金泽藩藩士之家长女。先后辗转东京、北海道、横滨等多地的师范学校，于女校任教。并创办常盘松女学校（现トキワ松学园），成为初代校长。《七里滨哀歌》是一首安魂曲。1910 年逗子开成中学校的游艇部学生 12 人罹难。为了纪念死难者，三角錫子创作了这首童谣，又名《雪白的富士山巅》。为了纪念死难者，1935 年、1954 年日本根据此事故为题材两度拍摄同名电影。

旅愁

犬童球溪

秋夜阑珊，羁旅天。

游子愁未眠。

思故乡，念双亲。

梦中返家归途远。

秋夜阑珊，羁旅天。

烦恼满心间。

风雨敲窗乡梦断，

极目远天心绪乱。

思故乡，念双亲。

愁绪满树巅。

风雨敲窗乡梦断，

极目远天心绪乱。

犬童球溪 / (1879—1943) 诗人、作词家、教育家。毕业于东京音乐学校（东京艺术大学）。本名犬童信藏，因出生在熊本县球磨川溪谷附近而取笔名『球溪』。因患『神经衰弱兼右肺浸润型肺结核』，65岁自杀。一生留下了将近400首作品。受『旅愁』这首童谣启发，李叔同根据原曲填词，创作了『送别』。

星星与蒲公英

金子美铃

蔚蓝的天空深不见底，

星星如同海中的小石头，

直到夜晚来临都藏在天空里。

那些星星们，白天肉眼看不到。

虽看不到，但是存在的，

看不见却是存在的。

四处飞散的蒲公英，

默默的飞到瓦片的缝隙中，

直到春天重回大地。

那强韧的根部我们看不到。

虽然看不到，但却是存在的。

这世界上有一些看不到，

但却存在的东西。

桑名的车站

中原中也

桑名的夜晚多黯澹，

青蛙呱呱不停叫唤。

大雨初霁的暗夜，

没有的一丝风只有黑暗。

（今夜上京途中，因京都大阪之间停运，而临时运营关西线。）

桑名的夜晚多黯澹，

青蛙呱呱不停叫唤。

深夜里的车站站长，

在地上铺满平整的碎石

站台上只身一人，

拿着煤油一盏，

身影时隐时现。

桑名的夜色多黯澹，

青蛙呱呱哭声不断。

有句谚语说“桑名的美食是烤蛤蜊”

那不正是此处吗？

被我这么一问，

站长回答“是啊”笑容满面。

六月的雨

中原中也

上午又一阵骤雨，
雨如菖蒲般碧绿。
眼中含泪的瓜子脸女子，
出现在眼前，又慢慢远去。

出现在眼前，又慢慢远去。
陷入忧愁淅淅沥沥。
雨落在田野上，
雨声一刻也不停息。

敲着太鼓吹着竹笛，
星期日天真浪漫的孩子，
在榻榻米上嬉戏。

敲着太鼓，吹着竹笛，
玩耍的时候，下起雨来，
窗棂之外，烟雨靡靡。

雨

佚名　竹久梦二搜集整理

雨啊，雨啊，
今后你就落在寺庙的茶树上，
不要落在衣衫上。

雨啊，雨啊，快放晴吧。
南无阿弥陀佛，
将你的蓑笠
放在远山上。

雨啊，雨啊，快停吧。
在茶社二楼，
有和服振袖飞扬。

茅花

佚名　竹久梦二搜集整理

雪白的富士山脚，碧绿江之岛，
今天仰望山巅，依旧泪滔滔。
十二位男儿如今已成不归人，
为他们献上我的心愿与祈祷。

游艇已沉在了广阔的大海，
可恨无情风疾海浪阵阵高。
力尽悲声呼唤父母的名字，
七里海滨痛失爱子的恨难消。

冰冷的雪呜咽风声潇潇，
星与月暗大海一片黑暗。
孩子们魂归何处正迷惘？
归来吧，回到母亲的怀抱。

清晨的霞光万丈铺满海面，
父母却为孩子心碎如刀绞。
纵然搜集黄金珍宝有何用？
神啊，请早日将我也召去吧。

昨日的明月，还挂在天边，
孩子的身影，再也难见到。
悲痛漫漫夜，辗转难入睡，
鸣响的浪潮，浪花拍岸高。

大海不归路，千鸟哀哀叫。
魂归在何处，如何去凭吊？
痛失爱子心，痛苦永不绝，
今天复明朝，此恨永不消。

蓝染川

佚名　竹久梦二搜集整理

哼，我生气了。一怒之下，
手持砚台和笔，
留下遗书就跳下蓝染川。
水下的鱼儿轻轻蹭我呀，
天上的鸟儿轻轻撞我呀，
在寺庙前生下孩子。
血迹染红袈裟，
用落下的雨水洗，
用香炉之火熏，
用香炉之火烤，
用油火熏，

用油火烤，
用炉灶的火熏，
用炉灶的火烤，
终于用被炉烤干了。

蓝染川／流经东京都的谷田川在东京都台东区附近的别名。

两国桥

佚名　竹久梦二搜集整理

两国桥／横跨东京隅田川下流的桥。连接武藏与下总两国而得名。

长长的两国桥，

是骑着马儿过？

还是坐轿？

不骑马也不坐轿。

要打着深蓝伞，江户最时髦。

十六七的姑娘哟，

拉着我的手过桥。

岁时记

第五章

冨嶽三十六景
駿州片倉茶園ノ不二

采茶歌

佚名

八十八夜快入夏，
新叶翠绿满山岗。
漫山遍野能看到，
家家户户采茶忙。
身着蓝色采茶服，带斗笠的小姑娘。

风和景丽晴日长，
满心喜悦歌飞扬。
“片片采来片片香，
要采日本茶，及趁好时光。
趁现在，采啊采，采满一筐又一筐。”

八十八夜/立春后第八十八天，即初夏之意。

樱花

佚名

樱花啊，

樱花啊。

极目三月碧空下，

灿若云霞斗芳华。

快来啊，

快来啊，

同去赏樱花。

秋收祭日

三木露风

田野涌稻浪，晚风习习凉。

唧唧秋虫鸣，站在黍子穗。

丰收祭日路，灯笼排成行。

灯火闪耀处，欢声笑语飞。

客从山中来，少爷你几岁？

三岁和五岁，背来逛庙会。

春天来了

高野辰之

春天来了，春天来了，来到什么地方？

来到山里，来到村庄，也到田野上。

花儿开了，花儿开了，开在什么地方？

开在山里，开在村庄，也开田野上。

鸟儿在啼鸣，鸟儿在啼鸣，鸣叫什么地方？

在山中叫，在村里叫，也在田野上。

春天的小河

高野辰之

春天的小河，潺潺流淌，
紫堇地丁花与莲花在岸边绽放。
清香的气味，绚丽的颜色，
“盛开吧盛开吧”宛如喃喃自语一样。

春天的小河，潺潺流淌，
一群小虾、青鳉鱼、还有鲫鱼，
今天也出来晒一晒太阳。
“一起玩一起玩”宛如窃窃私语一样。

春天的小河，潺潺流淌，
擅长唱歌可爱的孩子们哟，

与小河的流水声相呼应，
“歌唱吧歌唱吧”宛如低语。

红叶

高野辰之

秋来枫叶红，夕阳映群山，

深浅在其中，层林浓与淡。
红叶与绿藤，缠绕着青松。

山脚如彩裙，色彩多鲜艳。
浮在溪水上，落叶一片片。

随流水动荡，漂来又漂散。

火红与金黄，各色真好看，
宛如在水中，铺了条锦缎。

是真

夏天来了

佐佐木信纲

水晶花的香气弥漫在墙垣，
杜鹃早早飞来，低声鸣啭，
夏天到人间。

五月细雨洒山田，
少女插秧湿裙边，
夏天到人间。

屋檐橘香满窗畔，
诉说着萤雪之谏，
夏天到人间。

楝花飘散在河岸，
门外秧鸡远啼唤，
夕月透新凉，夏天到人间。

梅雨过后已黄昏，
流萤交飞千万点，
秧鸡啼鸣，水晶花白灿灿，
少女插秧忙，夏天到人间。

萤雪之谏／晋朝车胤『囊萤』和晋朝孙康『映雪』的典故。作为勤奋读书的典范对日本也影响深远。佐佐木信纲／三重县出生，与其父佐佐木弘纲共编『日本歌学全书』。东京大学文学部毕业。为『古今和歌集』，『万叶集』等古典文学研究做出了杰出贡献。主办短歌『竹柏会』培养了出木下利玄、相马御风（《春天哟来吧》的词作者）等多位歌人。

牧场的清晨

杉村楚人冠

朝雾弥漫的牧场，
就像大海辽阔无边，
白杨树木若隐若现，
夜色中钟声，
急促回荡响彻天。

人们从小屋中起床，
人声鼎沸，
雾笼山川。
羊群涌动，铃声悠远。

太阳升起，
森林与山峦从梦中醒来，
浸染霞光。
远远的田野上传来，
牧童的笛声悠扬婉转。

杉村楚人冠／（1872—1945）本名广太郎。出生于和歌山县，东京朝日新闻社记者。俳人，随笔家，晚年主办俳社『湖畔吟社』。73岁心脏病发作病故。

壁炉

北原白秋

壁炉燃烧哟，让我们相互倾诉。

火星劈劈啪啪跳动着我们的壁炉。

大雪之夜，点燃快乐的壁炉。

壁炉燃烧哟，让我们相互倾诉。

就像往昔一样，燃烧吧，壁炉。

雪落之夜，快乐的壁炉。

壁炉燃烧哟，外面冷风呼呼。

“给我栗子呀栗子呀”壁炉在喊。

雪落之夜，快乐的壁炉。

壁炉燃烧吧，春天将到万物苏复。

柳枝已将新芽吐。

雪落之夜，快乐的壁炉。

壁炉燃烧吧，有客人来访。

“是客人啊”愉快的壁炉。

雪落之夜，快乐的壁炉。

雨

北原白秋

下雨天，下雨天。

想出去没有伞，红木屐带儿断。

下雨天，下雨天。

就算不乐意，也只好在家玩。

叠叠千代纸，一遍又一遍。

下雨天，下雨天。

小鸡宝宝也在哭，

心中寂寞无笑颜。

哄着人偶睡了，雨依然飘漫天。

大家一起来，点燃仙女棒。

下雨天，下雨天。

白天也下晚上也下。

下雨天，下雨天。

春天哟，快来吧

相马御风

春天哟，快来，快快来。
小文子学步把腿迈，
木屐上有根红鞋带，
想到外面玩，等待又等待。

春天哟，快来，快快来。
家门前有棵小桃树，
花蕾们渐渐鼓起来，
花儿快快开，期待又期待。

相马御风 /（1883—1950）日本诗人、歌人、文艺评论家。新潟县出生。早稻田大学毕业。与三木露风（『红蜻蜓』词作者）等共同创办早稻田诗社。

小文子 / 作词家相马御风的长女。

光逸

啊啊，白菊花儿。

人们也应像白菊，有高洁的节操。

源自爱尔兰民谣《夏日最后一朵玫瑰》。

庭院中的花草

里见义

庭院里有各种草，

草间听得虫儿鸣叫。

但一到秋天，

就寂寞地干枯了。

啊啊，唯有白菊，

啊啊，唯有那白菊，

你独自盛开在秋天的清早。

露水冰凉呀，

菊花不屈不挠，

寒霜欺凌呀，

菊花不屈不挠。

啊啊，多么令人敬佩，

リラ花のたよりの文つかひ

这朵花的名字

金子美铃

在书里，

写着很多花的芳名，

可是我不认得她们的模样。

在城镇，能看到人们和车辆。

大海上只有船只和波浪。

海港总是很荒凉。

花店的篮子里一年四季，

每列的花儿各式各样。

但我不知花名，满心迷茫。

即使问妈妈，

她说从来没离开这座城，

所以不知道。

我总是感到很惆怅。

哄我睡，我便会睡，

娃娃书，球球，我都扔在一旁。

现在，就是现在，我想去远方。

在宽广的田野中奔跑，

认识许多花儿，

大家像朋友一样来往。

三正宗

雪啊下吧下吧

佚名　竹久梦二搜集整理

雪哟。

冰雹哟满天飘。

在你家厨房后面煮丸子。

也煮着红豆。

山里劳作的人们就要回家。

孩子大声哭，勺子不见了。

啊哟，忙得团团转眉毛如火烧！

狐狸提灯笼

野口雨情

狐狸提灯笼。咚！

咚！咚！狐狸的列帐队提灯笼，咚！

田里收获好多粮，

钱币哗哗如雨落天空，

海上捕到好多鱼，

钱币哗哗如泉往外涌。

狐狸提灯笼。咚！

咚！咚！狐狸的列帐队提灯笼，咚！

日本古代将磷火现象称为『狐狸提灯笼』。

桃太郎

佚名

桃太郎桃太郎，

小米饭团挂腰上，

分我一个尝一尝？

给你，给你，

现在我要与鬼去打仗，

跟我走就分你一个尝。

我去，我去。

好的，跟着你走，跟着你走，

不管去哪里都做你的麾下将。

前进吧，前进吧。

让我们前进攻打鬼之岛。

有意思呀，真好玩儿。

小鬼一个也不剩，全部打倒地上躺。

从鬼那里缴纳战利品，嘿哟喂。

万岁万万岁，

跟着我的小狗小猴小鸡。

把小车装得满载而归，嘿呦喂。

大家喜气又洋洋。

夏日之歌

中原中也

青空寂然不动，
片片白云，
盛夏晌午多安静，
焦油清光照苍穹。

夏日的天空有何物？
惹人无限怜爱之情？
焦糊厚颜的向日葵，
乡村车站盛开一丛。

宛如一位慈母，
汽车汽笛长鸣，
山边驰骋如龙，
靠近山边飞驰着，
宛如慈母汽笛鸣，
炎炎盛夏暑气浓。

中原中也／(1907—1937) 日本达达主义，四季派诗人、歌人、翻译家。出身于山口县汤田温泉。18岁上京。后与河上彻太郎等主办同人志『白痴群』。1934年第一本诗集『山羊之歌』出版，在诗坛确定了一席之地。诗风多伴随着『丧失感、哀惜、忧郁』。30岁因急性脑膜炎去世。死后出版了第二本诗集『往日之歌』。一生留下了350篇以上的诗歌，以及法文诗歌的翻译作品。深受海内外读者喜爱。

春天的黄昏

中原中也

屋檐上缺了一片瓦片，
从此春天的黄昏，
悄无声息地前进，
在流淌自己的静脉血管。

就像吞下煎饼般，
太阳从铁皮屋顶慢慢下沉。
春天的黄昏一片静谧。
落日轨迹下扬起一阵青烟，
春天的黄昏寂静悠闲。

啊，稻草人在吗？——不在眼前。
马在嘶叫吗？——不，马儿都缄口无言。
只有月光，就那么滑腻如水，
春日的夕暮，顺从无怨。

广阔的田野上，红色的伽蓝。
负重的马车，车轮没有油了。
我若谈论“历史如今天”，
嘲笑我的是天空与群山。

春鸟

佚名　竹久梦二搜集整理

别哭了，别哭了，春天的小鸟。
春天的小鸟为啥要哭泣？
是父母死了？还是孩子丢了？
我父母健在，孩子也没丢掉。
被鹰匠抓来已七天，
送给年迈的老爷大人做玩物。
说起七天，转眼第四十九天就要到。
这些天来的赏钱如何讨要？
昂贵的米，买来往船上搬，
便宜的米，买来往船上搬，
船是哪里的船，是加贺的船，
北前船质量才算好。

加贺／石川县的旧称。北前船／江戸時代宽永年间在日本海，瀬戸内海大阪之间，运送米，酒，盐等杂物的巡回货船。

雪

佚名　竹久梦二搜集整理

小雪呀，轻飘飘，
细雪呀，纷纷扬，
堆满墙角与树梢。

雪花飘飘，冰雹啪啪，
寺前的花椒树下，
积雪一斗五合。

漫天自飞散，
铅灰色雪花，扇子腰间插。
回旋漫舞的花。

老爷爷和老奶奶，
棉帽子上都落满了，
挡雨板竖起来快安好。

快看天空乌云灰蒙蒙，
快看大地棉絮白茫茫。

雪是大老爷，冰雹是小仆人，
雨手提草鞋，雨夹雪持枪做保镖。

雪飘纷纷扬扬，
灯影朦朦胧胧。

田螺大人

佚名　竹久梦二搜集整理

田螺大人，田螺大人，

不去参拜爱宕神社吗？

去年春天真是倒霉透，

在栂尾的山谷吃了个大苦头。

泥鳅大人邀请我，

扭来扭去游过河的时候，

被鸢鸟乌鸦和枭这群坏蛋们，

踢得我摔了好几个大跟头。

这边滚几跤，那边滚几跤，

立春立夏立秋立冬前十八天，

一年四季都有伤口。

直到冬天来，不啊不见好。

疼啊疼啊忍不了，直到四月景色秀。

有什么好药吗？

天下第一灵丹妙药啊，

是海底的干栗子，

还有，山巅的法螺贝，

掺和在一起用，

一夜奏效就得救。

爱宕神社/位于京都市右京区的神社。

栂尾/位于京都市右京区的山谷。

豆子

佚名
竹久梦二搜集整理

拾一个豆，都是沙，

踩两个豆，满是泥巴，

煮三个豆，拿去做味增汤，

选四个豆，没有豆渣，

煎五个豆，香喷喷，

剥六个豆，豆皮不留下，

生七个豆，还青得很，

烤八个豆，烤焦黑糊糊又开花，

买九个豆，没几个，

拿十个豆，磨成豆浆白花花。

是真

雷

佚名　竹久梦二搜集整理

雷神朝着大山去，

从山里往村庄来，

把安达原鬼婆的肚脐给我摘！

雷劈下来，

用桑木棒子打脑袋。

噼里啪啦噼里啪啦，

蚊蚊蚊帐支起来，

再把蚊香点起来。

安达原鬼婆／福岛县二本松市安达原。日本民间传说中在此栖息着一位将孕妇开膛破肚的老妖婆。人物形象在歌舞伎、能乐、净琉璃『黑塚』等均有登场。

光邨
真

黄莺

佚名　竹久梦二搜集整理

小黄莺，小黄莺。
偶尔上京城，
枕着梅树枝睡个午觉。
蝴蝶穿什么？
外衣是湛蓝色皱绸袍，
内衣是珍珠色皱绸袄。
谁让你带行李那么多，
在路上别拉手别摔跤。
大老爷来了就鞠个躬，
马儿来了就往路边靠，
别飞近学堂的孩子们，
他们会拿书本把你敲。

快放行

佚名

快放行！快放行！

这是何处的小径？

此乃天神的小径。

请快放我过去吧！

闲杂人等，则不得放行。

为了庆祝孩子七岁生日，

要将还愿的灵札献神灵。

放你通行虽好说，归途却胆战又心惊。

快放行！快放行！

发源于江户时代神奈川县小田原市菅原神社或埼玉县川越市三芳野神社，这两地皆有石碑为证。一说，三芳野神社并非只限于承办『七五三』仪式，江户时期民间流行为了孩子健康成长直至七岁去神社还愿礼的风俗。但1639年，因川越城扩建工程，三芳野神社也被纳入规划中，变得戒备森严。平民不得随意参拜，从而逐渐脱离庶民生活。从而有了这首为孩子还愿求放行的游戏歌。

图书在版编目（CIP）数据

日本童谣 /（日）北原白秋，（日）金子美铃，（日）宫泽贤治著；刘淙淙译 .
-- 北京：新星出版社，2019.1

ISBN 978-7-5133-3244-6

Ⅰ.①日… Ⅱ.①北… ②金… ③宫… ④刘… Ⅲ.①儿歌－作品集－日本
Ⅳ.① I313.82

中国版本图书馆 CIP 数据核字（2018）第 242466 号

日本童谣

（日）北原白秋，（日）金子美铃，（日）宫泽贤治 著；刘淙淙 译
（日）半田美永 审订

责任编辑： 姜 淮
责任校对： 刘 义
责任印制： 李珊珊
装帧设计： 冷暖儿

出版发行： 新星出版社
出 版 人： 马汝军
社　　址： 北京市西城区车公庄大街丙3号楼　100044
网　　址： www.newstarpress.com
电　　话： 010-88310888
传　　真： 010-65270449
法律顾问： 北京市岳成律师事务所

读者服务： 010-88310811　service@newstarpress.com
邮购地址： 北京市西城区车公庄大街丙3号楼　100044

印　　刷： 北京美图印务有限公司
开　　本： 889mm × 1194mm　1/32
印　　张： 6.75
字　　数： 100千字
版　　次： 2019年1月第一版　2019年1月第一次印刷
书　　号： ISBN 978-7-5133-3244-6
定　　价： 68.00元
